Para Camila, Paloma y Aurora

JORGE MONTIJO

LA SEÑORA ANA NO SABE SI EXISTE

BOGOTÁ • WASHINGTON, DC • SAN JUAN DE PUERTO RICO

CONTACTO

cuentosparagenteconprisa@gmail.com

Canal YouTube: Jorge Montijo

Instagram: cuentosparagenteconprisa

DISEÑO

Jorge Montijo

ILUSTRACIÓN DE CUBIERTA

Camila Rivera Torres

Edición en español / **LA SEÑORA ANA NO SABE SI EXISTE**

ISBN EDICIÓN IMPRESA TAPA DURA: 9798480303179

ISBN EDICIÓN IMPRESA TAPA BLANDA: 9798482652442

ASIN EDICIÓN ELECTRÓNICA: B09GTHMGDK

OTRAS PUBLICACIONES DEL AUTOR

Edición en español / **CUENTOS PARA GENTE CON PRISA**

ISBN EDICIÓN IMPRESA TAPA BLANDA: 9798657260915

ISBN EDICIÓN IMPRESA TAPA DURA: 9798701174175

ASIN EDICIÓN ELECTRÓNICA: B08CCLLRG1

Edición en inglés / **WHEN CRUMBS FALL AND OTHER STORIES FOR PEOPLE IN A RUSH**

ISBN EDICIÓN IMPRESA TAPA BLANDA: 9798679318045

ISBN EDICIÓN IMPRESA TAPA DURA: 9798701161342

ASIN EDICIÓN ELECTRÓNICA: B08GQHLHR7

Edición bilingüe (español e inglés)

CUENTOS PARA GENTE CON PRISA / WHEN CRUMBS FALL AND OTHER STORIES FOR PEOPLE IN A RUSH

ISBN EDICIÓN IMPRESA TAPA BLANDA: 9798685085269

ISBN EDICIÓN IMPRESA TAPA DURA: 9798598863039

ASIN EDICIÓN ELECTRÓNICA: B08JK3CYX3

Ediciones impresas disponibles en la página local de Amazon en los siguientes países: Estados Unidos, Reino Unido, Canadá, España, Alemania, Italia, Francia y Japón.

Ediciones de libro electrónico disponibles en la página local de Amazon en los siguientes países: Estados Unidos, Reino Unido, Canadá, España, Alemania, Italia, Francia, Japón, Brasil, México, Australia, India y Países Bajos. Para el resto del mundo, adquiera su copia electrónica en:

amazon.com/author/jorgemontijo

EDICIONES IMPRESAS DISPONIBLES TAMBIÉN EN:

www.walmart.com • www.barnesandnoble.com • www.bookshop.org • www.bol.com • www.takealot.com • www.kitabinabak.com • www.abebooks.com • www.indiebound.org • www.bookdepository.com • www.alibris.com • www.betterworldbooks.com

OTROS LIBROS DEL AUTOR

CUENTOS PARA
GENTE CON PRISA

Edición bilingüe
(inglés y español)
de CUENTOS PARA
GENTE CON PRISA

Edición en inglés
de CUENTOS PARA
GENTE CON PRISA

amazon.com/author/jorgemontijo

PRÓLOGO

Hay historias que nacen y se desarrollan en el inconsciente y cuando menos lo esperas —y sin pedirte permiso— se plasman en palabras. Fue de una experiencia así que, en el año 2020 y de un solo revolcón, llegaron estas historias. En la mayoría de ellas hay un niño que intenta entender el mundo adulto, en especial el contraste entre la conducta que estos le exigen versus la que practican: la manipulación del lenguaje para desmentir una realidad evidente, la injusticia de la justicia, el hambre a pesar de la abundancia, la estimulación a la mediocridad, la educación con anteojeras, entre otras.

Sin embargo, en otros cuentos el niño no sospecha que los adultos en muchas ocasiones —por no decir siempre— tampoco entienden su propia realidad —como sucede en *LA QUIJADA QUE TIEMBLA*— y cuando la entienden aparentemente es muy tarde, como ocurre en *LA SEÑORA ANA NO SABE SI EXISTE*, cuento que da nombre al libro.

Con ese escenario los personajes de los catorce cuentos van acumulando y construyendo experiencias que los condicionan a enfrentar el mundo que les ha tocado, tanto para el presente, el futuro o para cualquier otra dimensión que —aunque la vivan— nunca o raras veces la intuyen.

Nuevamente, al igual que en su libro anterior *CUENTOS PARA GENTE CON PRISA*, Jorge Montijo invita a dar una lectura a cada historia para que les provoque reflexionar sobre la condición humana desde un trasfondo totalmente subjetivo.

San Juan de Puerto Rico
septiembre 2021

ÍNDICE

...Y se encontraron en el mecedor
del viento y nunca más
regresaron a los tiempos
del transporte con
energías no renovables.

Jorge Ruiz, **LOS CUENTOS DEL MECEDOR DEL VIENTO**

(Editorial Viento, Barichara, 2023)

ALGODONES PULCROS

La estrategia fue fácil. Cuando llegaron tres clientes simultáneamente, Pecas se movió de inmediato desde la parte trasera de la furgoneta convertida en colmado ambulante, hacia la delantera. Tal y como hizo en ocasiones anteriores, abrió y cerró suavemente una de las puertas corredizas laterales, saltó al asiento tipo butaca del conductor y puso sus manos al volante como si estuviera manejando, mientras sus piernas infantiles colgaban sin intención alguna de alcanzar los pedales de freno o gasolina. Allá, en la parte posterior del vehículo, su abuela siguió despachando la compra de los recién llegados.

—¡Hola, señora María! ¿Cómo le va? —saludó muy efusivamente Pecas a la persona que surgió de su imaginación.

Tuvo que simular que estaba jugando como lo hacía otras veces para así despistar cualquier sospecha sobre su plan de escape. El objetivo era salir sin ser visto o escuchado para llegar hasta el centro comunal y ver a la señora del orificio. Desde que llegó esa fue la noticia que comentaron quienes vinieron temprano a comprar. Había determinado asertivamente realizar su plan, para así saciar la curiosidad que comenzó a carcomerlo, luego que escuchó a la señora del apartamento A-202. Fue la segunda en traer el comentario y la primera que usó la palabra orificio. Se preguntó el significado de esta y, apenas terminó de pensarlo, su abuela lo regañó y le dijo que no tenía que estar pendiente a conversaciones de adultos, que eso que escuchó era pura habladuría. Pero en todo caso le aclaró que un orificio es un roto, un hueco, un boquete, un agujero, una perforación, en fin, hizo galas nuevamente de su habilidad para leer el pensamiento y le respondió con un sinnúmero de sinónimos sin que él hubiera verbalizado su curiosidad.

Siempre le pasaba igual cuando estaba con ella. La vez anterior que la visitó le prohibió usar para los clientes las bolsas grandes de papel que están en la tablilla inferior del mostrador y por tal razón concluyó que era innecesario preguntarle si le daba una al señor que la solicitó —con tono de exigencia— luego que compró una Pepsi de 16 onzas, una cuarta de café, una caneca de ron Palo Viejo, dos maltas India de botella, una libra de arroz y media de azúcar. No bien había terminado de pensarlo cuando ella inmediatamente lo contradijo y le ordenó darle al cliente precisamente una de las bolsas que le había prohibido usar para esos propósitos momentos antes.

Fue por ese raciocinio que en aquella mañana frente al volante comenzó a rodar en su mente una historia diferente al plan que ya tenía concebido minutos antes. Solo así podría evitar que la abuela leyera su propósito real, o al menos la confundiría, cuando estuviera en ese afán. Lo cierto fue que la curiosidad le aumentó a niveles de prioridad al cabo de treinta minutos después que llegó, pues en ese lapso ya habían venido cerca de veinte clientes y todos comentaron igual sobre la señora del orificio.

—¡Qué siga bien, señora María! —dijo en voz alta como parte de su simulacro antes de hacer un viraje imaginario a la izquierda.

En ese momento bajó del asiento en silencio y abrió la puerta lateral frontal izquierda, que estuvo también muy sigilosa porque alguien le engrasó las canales por donde se desliza, y salió. Escuchó varios clientes que todavía seguían allí muy embelesados en el mismo tema. Entonces caminó hacia el lado opuesto y cruzó parte del estacionamiento hasta alcanzar el edificio jota, que es donde vive el nieto de la señora del A-202 y con quien juega cuando visita a su abuela. No miró hacia atrás. Alcanzó a verlo, le hizo la señal de petición de silencio y cuando se acercó le murmuró su propósito. Su amigo contestó con un brillo de luna llena en sus ojos.

Al cabo de cinco minutos ya estaban frente al centro comunal. Nadie se fijó en ellos. Entraron y siguieron en dirección hacia donde todos caminaban. Cuando se retiró el señor que iba delante de ellos, y que era tan alto como uno de los jugadores de baloncesto que había visto un día en un juego en el Coliseo, les apareció de frente el cuerpo acostado de una mujer con un orificio en la sien derecha, rellenado de algodón impecablemente blanco, y una malla de igual color colgando desde lo alto de la tapa abierta del ataúd hasta el suelo.

—Entonces de esto se trata —musitó Pecas.

Se preguntó en su mente para qué está dormida así y por qué le tapan el orificio. La señora que venía detrás de ellos no esperó su turno y se acercó. Simplemente dijo: "está muerta". Ahora sí quedó desconcertado. Tal como hace su abuela, la señora le leyó el pensamiento. Entonces señaló a su amigo con la cabeza y salieron corriendo de inmediato.

En escasos siete minutos ya estaba otra vez solo jugando frente al volante de la furgoneta cuando sintió que se deslizó silenciosamente a medias la puerta del pasajero. Alcanzó a ver que se asomó el torso de su abuela. Lo miró sin pestañear y la escuchó atentamente cuando le preguntó si el algodón en el orificio todavía estaba impecablemente blanco.

EL PANTALÓN AZUL

Un canto lento y melancólico impregnaba de frialdad la misa. Le supo desagradable el sabor inicial de la hostia. La mantuvo en su lengua y pudo tragarla cuando llegó a su banqueta y se arrodilló. Giró su cabeza y vio tras sí los rostros que miraban hacia el altar sin mirar. Nadie reparó en él.

Asumió la posición de rezo, cerró los ojos, un soplo de luz le tocó en la coronilla y se deslizó hasta sus pies.

Hacia el mediodía llegó al colmado de su abuela. Ella no estaba. Se ocupó asistiendo con el despacho de la mercancía que solicitaban los clientes. En la mañana había estado en su primera comunión. Pecas no entendió —aún tampoco lo supo en su adultez— la razón para desfilar con un pantalón azul y una camisa blanca, en clara violación al requisito reiterado de la catequista para asistir solamente con pantalón color negro sólido y camisa blanca.

Casi una hora después de llegar al colmado se asomó por la ventana lateral y alcanzó a ver a su abuela saliendo del carro con cierta dificultad.

De adulto tampoco supo cómo era que él llegaba hasta el colmado. No tenía recuerdos de llegar acompañado, o si llegaba en carro, o en transporte público. Pero sí sabía que jamás llegó caminando porque tenía conciencia de que su casa quedaba lejos de allí.

Cuando su abuela se incorporó la vio vestida toda de blanco, incluyendo zapatos, medias, bolso y una boina que nunca le había visto. Lo único con un color diferente era el collar de cuentas rojas y negras, alternadas, que siempre llevaba. Al principio tuvo miedo. Inmediatamente relacionó el atuendo con las advertencias malignas que le habían dicho en su casa sobre la santería. Pero cuando ella entró por la puerta trasera pensó que ninguna maldad podía emanar de una persona cuya ropa estuviera tan impecablemente pulcra y sin arrugas. Le pareció incluso que era una manifestación extrema de espiritualidad.

—Fíjate, lo primero que hizo fue preguntarme por el pantalón —me enfatizó Pecas, ya de adulto, la vez que me relató esta historia—. Era persona de pocas palabras, pero lo que decía o preguntaba no era en vano. Siempre había algún trasunto. Y todavía hoy sigo preguntándome cuál fue su motivo cuando me hizo la pregunta.

—¿Azul en primera comunión? Algo no anda bien. Vienes conmigo hoy —le dijo su abuela.

El estigma de todos los comentarios malignos sobre la santería ya no le preocupó. Aceptó ir con ella sin pensarlo dos veces, no tanto por curiosidad y sí más bien porque la pureza que ella proyectaba le dio mucha tranquilidad.

Salieron en el carro y durante el trayecto no hablaron. Sin embargo, un minuto antes de llegar, ella le recitó las normas para esa visita: mantenerse sentado a su lado, decir gracias si algún adulto le felicitaba o le decía algún cumplido, mantenerse callado, no hacer preguntas porque ella ya las sabía y se las respondería en el tramo de regreso al colmado, y sobretodo, observar con detalle el evento.

El salón era amplio. Las mesas rectangulares –ordenadas de manera que formaban un cuadrado, el cual estaba bordeado a su vez por otro cuadrado formado por sillas– estaban cubiertas con manteles planchados tan blancos como la ropa de la abuela y sobre ellas, frente a cada silla, había una botella transparente en función de florero con un ramo de azucenas en agua cristalina.

Todos los creyentes se conocían entre

sí y se saludaban como si no se hubiesen visto en muchos años. Sin señal alguna todos se movieron simultáneamente a ocupar en silencio sus respectivos puestos. En el centro de uno de los lados del cuadrado que formaban las mesas, un señor inició un rezo de agradecimiento. Los demás respondieron al final con un coro sutil. La dirección de la ceremonia pasó a manos de una señora sentada a la izquierda del señor que la había originado.

La señora pidió permiso en sus oraciones para hablar con los seres que habitan en el más allá. En particular pidió hablar con el padre de uno de los presentes. La voz se le transformó y empezó a hablar tal cual con el timbre masculino del padre del peticionario. Este contó a los presentes lo bien que estaba, la felicidad que tenía y les invitó a no hacerle mal a nadie para que pudieran disfrutar también en su momento de las maravillas que les contaba. El hijo le preguntó por otra persona y la señora que dirigía el rezo comenzó a contorsionarse sobre la silla sin dar respuestas mientras la voz se alejó hasta que desapareció, pero la intensidad de sus ademanes descontrolados era tal que no pudo mantenerse sentada y entre cuatro personas fueron controlando sus impulsos, en especial los de la cabeza, para evitarle algún golpe severo. Así la fueron llevando sin desesperarse hasta acostarla en el suelo sobre una manta, también blanca. Ninguno de los presentes se alteró. La mujer se mantuvo en el suelo, aminoró sus movimientos hasta que quedó inmóvil, y el señor que empezó la ceremonia volvió a retomarla. Un canto de agradecimientos terminó el rito.

A la salida volvieron a saludarse todos tal como lo hicieron al momento de entrar.

En el tramo de regreso al colmado la mente del niño estaba tan absorta por el impacto de la experiencia que por primera vez la abuela fue incapaz de leerle el pensamiento.

El trayecto transcurrió con un silencio abrumador que incluso se mantuvo así aún en el momento en que Pecas se miró de la cintura hacia abajo y se vio vestido con un pantalón negro.

EL PESTILLO
DE LA PUERTA DEL BAÑO

Ya eran las 10:48 de la mañana. Su estómago infantil le gritó porque se cansó de hablarle. Detrás de él una silla plegable de metal sostiene una enorme cadera. Ni siquiera la ausencia de aceite en los tornillos algo desajustados ha delatado algún movimiento. Cinco minutos más tarde escuchó un leve chillido de la silla.

—Buenas noticias —susurró sonrien-

do.

Esa era la señal inicial de que muy pronto ella se levantaría e iría al baño. Era el momento más esperado por él porque sería la única vez en el día en que podría comer alguna de las delicias que vende su abuela en el colmado.

Miró otra vez el reloj de pared, pero no supo descifrar la hora exacta pues no distinguió bien si la aguja más larga había rebasado o llegado al número once. En todo caso no importa pues igual ella sigue inmutablemente sentada. Ya estaba en planes de reprimir con agua los reclamos del estómago cuando oyó un triple chillido de la silla en intervalos de tres segundos.

—¡Por fin, la señal esperada! —se dijo.

No hizo esfuerzo para voltearse y mirar atrás, pero la imaginó acomodando sus caderas en la silla hacia lado y lado, y cuando buscó apoyo en la tablilla que le queda justo a su lado derecho, hasta que de un zarpazo se levantó.

—Voy al baño. Mira bien la denominación del billete con el que te paguen para que devuelvas el cambio correcto —le dijo al niño, mientras se giraba poco a poco.

Ahora sí se fijó bien en la hora que marca el reloj: diez con cincuenta y ocho. Cuando escuchó que ella deslizó el pestillo de la puerta del baño hacia la derecha, un salto lo llevó justo al frente de la caja blanca de tapa con ventana de hoja plástica que está sobre el mostrador. Se quedó contemplando los volcanes rellenos de guayaba. Se relamió al ver la harina amarillenta y la mermelada de un color cuyo nombre aún no podía nombrar porque no se lo habían enseñado todavía en la escuela. Notó de inmediato que faltaba una unidad de las cuatro que cabían en el nivel superior de la caja.

—Ese no fui yo —dijo.

Abrió la tapa y lo golpeó uno de los olores más ricos que siempre recordaría para el resto de su vida. El clic del pestillo del baño al deslizarse hacia la izquierda le aceleró una producción masiva de saliva que ya estaba en vías. Canceló su intención de voltear la cabeza hacia la derecha para ver la hora. En cambio, metió su mano izquierda a la caja, agarró un volcán, echó un poco hacia atrás su cabeza y en un solo acto abrió enormemente su boca e inundó la pieza con el excedente de saliva. Estaba sintiendo que se ahogaba, debido a la sequedad inicial de la harina, cuando un nuevo triple chillido de la silla lo agarró con la llegada de una segunda ola líquida que le eliminó esa sensación.

—¿Algún cliente? —le preguntaron.

Un sonido vibrante doble en sus cuerdas vocales, y un giro de cabeza a los lados en el ángulo perfecto donde su boca llena no lo delató, fueron suficientes para responder en negativo. Cuando al fin pudo tragar se animó para girar la cabeza y ver el reloj: once y cuatro.

Horas después, cuando ya había comenzado el concierto de los coquíes y la noche lo agarró cerrando las ventanas laterales del colmado, le preguntaron si tenía hambre.

MEJILLAS LOZANAS

Dos semanas antes todo quedó listo para aquel sábado que eventualmente se convirtió en una fecha histórica. Tenía cinco años, pero iba a ser su primera fiesta de cumpleaños. Fue muy fácil justificar los preparativos —en especial las compras de aperitivos y bebidas de toda índole que habitualmente no se consumían en la casa, y la mesa con sillas adicionales que de pronto inundó la terraza de la casa— usando como excusa que eran necesarios para atender a los amigos de la familia que vendrían a escuchar la narración radial del combate entre Kid Pambelé y Wilfredo Benítez por el campeonato mundial del peso superligero de la AMB. Como no tenía un referente previo, el niño nunca sospechó nada. Más bien quedó inmerso en la expectativa colectiva que generó el combate a tal punto que se convirtió en uno más de tantos expertos de análisis deportivo que comenzaron a poblar cuanto espacio social existía, ocupando el tiempo en conversaciones interminables dilucidando si la juventud del imberbe retador iba a ser suficiente para ganarle al experimentado y pulverizador campeón.

—Diecisiete versus treinta —se escuchaba por doquier.

Era la consigna que recogía las respectivas edades del retador y del campeón y que se escuchaba como estribillo en la radio, en la calle, en la escuela, en el colmado cuando el niño iba a ayudar a su abuela a despachar mercancía y, en fin, en todo lugar y a toda hora.

—Pedro, yo no cometí ese robo. Ya cumplí la sentencia, pero solo quiero que sepas, aquí frente a tu hijo, que soy inocente.

No fue la expresión recién escuchada lo que inmediatamente llamó la atención al niño, sino la lozanía de las mejillas. "Brillan como la piel virgen de un infante", pensó. Luego la mirada se le desvió hacia la mella que se asomó en la sonrisa cándida que le dio la bienvenida y que vino acompañada de la voz en paz y dulce que pronunció aquellas palabras en el momento preciso cuando pasó frente a él. Logró acertar la edad del señor cuando la calculó para sí: 45 años. Desde que bajó del auto por el lado del pasajero lo vio sentado sobre el muro que divide la acera del área verde.

—Pedro, yo no cometí ese robo. Ya cumplí la sentencia, pero solo quiero que sepas, aquí frente a tu hijo, que soy inocente —repitió exactamente igual y con la misma candidez el señor sentado sobre el muro.

Sin detener la marcha, la mirada del niño pidió una explicación para entender la causa que tenía el señor de la sonrisa amable para decir aquella frase una vez y repetirla una segunda ocasión con igual dulzura. No hubo contestación. Al pequeño no le extrañó. Cayó en cuenta en ese momento que Pedro se escabulla siempre de las situaciones donde es confrontado, como la vez que la mujer cuyo nombre no era mencionado en la casa —pero que igual todos sabían de quien se hablaba— llegó frente a la casa familiar exigiendo verle y se quedó como hipnotizado tendido en la cama con las palmas tras la nuca, sin camisa, pero con pantalones y medias, mientras ordenó decirle a la mujer "dile que no estoy".

El 6 de marzo de 1976 Benítez ganó la pelea. En efecto, llegaron muchos conocidos de la familia con sus respectivos hijos y el niño se enteró que la razón real de la celebración era su cumpleaños, y no el combate, cuando se lo dijo el cuarto hijo de Rebeca, una de las amigas de su mamá.

La narración de los 15 asaltos del combate fue tan certera en la descripción de cada golpe y movimiento de los púgiles que, cuando presentaron el combate por televisión una semana después, los televidentes sintonizaron otro canal luego del segundo asalto porque simplemente la imagen visual no alcanzó a mostrar detalles tan atinados como los descritos por el narrador radial.

El niño continuó caminando en dirección al colmado de la abuela.

—Recuerdas la vez que celebramos tu cumpleaños —le preguntaron.

—Si, claro —respondió el niño—. Fue el día en que Benítez se proclamó campeón mundial.

—Esa noche robaron en el colmado. Y ese fue el ladrón. Tu tío y yo fuimos testigos en el juicio. Salió culpable y pagó cárcel.

—Pero ese día fue mi cumpleaños y la

pelea. Recuerdo perfectamente que ustedes estuvieron en la casa escuchando la narración radial durante los quince asaltos.

—No. Que te quede claro que ese día fui al estadio a ver la pelea junto con tu tío y luego de salir dimos una vuelta de precaución por el colmado y fue ahí cuando lo vimos saliendo por una de las ventanas.

En el fondo, tras ellos, sin mirar hacia atrás, volvieron a escuchar por tercera vez la misma voz con la misma candidez, pero ahora con un tono de súplica más acentuado.

—Pedro, yo no cometí ese robo. Ya cumplí la sentencia, pero solo quiero que sepas, aquí frente a tu hijo, que soy inocente.

El niño giró su cabeza, tuvo contacto visual con el suplicante y aceptó con su mirada la inocencia que clamó por tres veces aquel rostro con mejillas lozanas y una mella que se asomaba en cada sonrisa, pero nunca encontró para sí igual suerte en su adultez cuando ofreció su inocencia en cada carta que pudo redactar desde la cárcel.

BOLSAS DE PAPEL

El niño estaba sentado sobre la esquina del refrigerador comercial de modelo horizontal con puertas deslizables en el tope. Los codos yacían sobre el mostrador por donde entregan al cliente desde el interior del colmado la mercancía comprada, y las manos abiertas descansaban en las mejillas del correspondiente lado del rostro. Los ojos, semejando los movimientos del público en un partido de tenis, miraban los carros que iban y venían por la calle urbana de dos carriles, cuando la escuchó tras de sí en tono suave.

—No empaques en bolsa lo que compre un cliente.

No era su primera vez ayudándola a despachar mercancía en el negocio. Habían logrado desarrollar una comunicación efectiva donde no era necesario repetir o usar un tono de voz diferente al usual para entenderse.

—Sus instrucciones no pueden ser más claras —musitó el niño.

Con una mirada de pregunta la escuchó por segunda vez.

—Me gano un centavo por cada litro de leche. La bolsa de papel me cuesta medio centavo. Y eso no incluye el costo de refrigeración y transporte.

La matemática básica de primer grado que había aprendido el año anterior lo llevó a concluir que el negocio de vender leche no era bueno. Al sumar el costo no contabilizado por ella, de seguro no recuperaba lo que había invertido.

—Invertido —se dijo para sí murmurando.

Había aprendido ese término la vez anterior que la visitó. Ella lo usó constantemente en el transcurso de una negociación de precios con un vendedor. Luego de quedar satisfecha con el precio obtenido, hizo gala de su facultad para leer el pensamiento y en efecto, contestó al niño la inquietud que le llevaba rondando en su cabeza desde hacía 10 minutos sobre el significado de aquella palabra.

A pesar de conocerle tal habilidad, el niño se animó luego que ella terminó y lanzó la pregunta.

—¿Por qué la vendes si no es buen negocio?

—Porque el que compra leche también compra pan y mantequilla —respondió ella—. Y a veces huevos.

En esas estaban cuando se acercó a la parte exterior del mostrador un cliente.

—Ese es el nieto —le dijo ella apenas le leyó el pensamiento.

Sin reparar de inmediato en lo que acababa de escuchar, el cliente dirigió su mirada vacía hacia el interior del colmado y pidió lo que interesaba comprar.

—Me da una Pepsi de 16 onzas, una cuarta de café, una caneca de ron Palo Viejo, dos maltas India de botella, una libra de arroz y media de azúcar.

Inmediatamente el niño saltó de su lugar. A medida que traía cada artículo lo colocaba en la parte exterior del mostrador.

—El total es siete con cuarenta —dijo ella en tono alto para que el cliente pudiera escuchar.

Justo al traer el último artículo, el cliente extendió al niño un billete de diez dólares. Ya acostumbrado a manejar transacciones de ese monto, el niño rápidamente devolvió el cambio. Sin embargo, el señor seguía allí y por primera vez lo miró.

—Dame una bolsa —le ordenó.

El niño quedó desarmado de valor para enfrentar la orden irrefutable que le dio el comprador y comenzó a voltear la cabeza para pedirle auxilio a su abuela. Apenas la había girado veinte grados a la izquierda cuando escuchó la contestación a la pregunta que aún no había hecho.

—Si, dale una bolsa —dijo ella—. Y que sea de las grandes.

No terminó de voltear la cabeza y agarró una de las bolsas grandes que estaba almacenada en una de las tablillas de la parte inferior interior del mostrador y fue colocando uno a uno los artículos ya pagados. Al terminar le hizo un doblez a la bolsa en la parte superior para cerrarla y se la pasó al cliente.

Fue entonces cuando el cliente reaccionó al comentario que ella le hizo justo antes de pedir sus artículos.

—¿Pero rubio?

DEDOS PULGARES

Con mis brazos cruzados a la espalda, palma derecha sobre la izquierda, los deditos pulgares se rozaban circularmente entre sí a un paso lento. Los regalos de cajas grandes ya los habían entregado. Era el turno de los de cajas medianas cuando sentí que los pulgares se detuvieron. Encontré una mirada tierna escarbando la mía. Era la maestra. Ya en ese momento estaba convencido que había un código secreto mediante el cual ella lograba identificar inmediatamente al merecedor del regalo segundos antes de llamarlo por su nombre. Con una combinación parecida fue que inició la repartición de regalos y tocó la caja más grande a Dimas. Era tan grande que la señora que estaba al lado de la maestra lo ayudó no sólo a cargarla sino también a rasgar todo el papel de regalo en el que estaba envuelta.

—Ese es el mío —me dije cuando la maestra se giró de frente al grupo con otra caja entre sus manos. Pero no.

La montaña de regalos fue disminuyendo. Al principio aspiré a una de las cajas grandes. Era el último día de clases y había escuchado bien claro el día anterior cuando la maestra dijo que habría premios para los estudiantes con mejor comportamiento y calificaciones.

—Ese soy yo —me dije en aquel momento con absoluta seguridad.

El truco del cruce de miradas no era el código secreto que creí y apareció Miriam muy contenta a recoger su regalo. Los deditos siguieron en modo de pausa. En ese momento una voz me pidió muy gentilmente moverme al fondo. Ahora, la montaña de regalos ya reducida me queda más lejos pero aún impresiona a esa distancia. Cajas medianas quedan muy pocas. La idea de merecer uno de los regalos pequeños empezó a agradarme luego de mirar a mi lado y ver a Dimas con su alegría apagada luchando aún cuerpo a cuerpo con su caja para abrirla.

—Con uno pequeño no se me apaga

la alegría —dije —porque debe ser muy fácil de abrir.

De pronto sonreí. Recordé la explicación más sencilla que había escuchado hasta ese momento de mi vida: la alegría es como una lámpara. Así que desde ese momento enfilé mis deseos hacia los regalos de cajas pequeñas y pequeñitas. Dejé pasar con alegría las pocas cajas medianas que faltaban. Mis pulgares seguían quietos. Mientras estuve sonriendo y recordando la explicación de la lámpara, llamaron por cinco regalos más. Ahora me invade una inquietud que me deja en un soliloquio porque ya apenas quedan regalos. Saqué del sobre amarillo mi reporte de notas: seis marcas en el encasillado de la extrema derecha, el máximo posible.

Una tormenta de aplausos me regresó al salón de clases. Era la entrega del último regalo. Era tan pequeño que cupo en la palma de la mano de Patricia. Doblé el sobre, lo regresé al bolsillo delantero de mi pantalón, y volví a cruzar mis brazos a la espalda.

Caminé sin prisa, pero firme, hacia la salida del salón de clases. El horizonte del pasillo exterior hacia la calle parecía mucho más largo de lo habitual. Fue entonces cuando me percaté que la palma izquierda estaba sobre la derecha y que esta vez los deditos pulgares se rozaban entre sí en dirección opuesta.

COMPARSA PARA NIÑOS CONGELADOS

Acumulaba más lágrimas cada vez que alcanzaba a verlo con su vista lateral. Abigaíl sabía de antemano que para él no había regalo y sin embargo lo veía allí, a pasos de ella, con la expectativa inalterada y el convencimiento de que una de las cajas era para él.

Pero cuando llegó frente a la puerta de su casa no pudo más. Afortunadamente no había nadie y se ahorró muchas explicaciones. Luego de abrir la puerta algunas lágrimas saludaron al gato, que rara vez la recibía. Comenzó a hablar consigo hasta que su otro yo le presentó la escena del niño con los brazos cruzados a la espalda caminando hacia la salida del salón de clases. Cuando estaba presta a ir por él para abrazarlo, la mamá de Dimas —el estudiante que recibió el regalo más grande— le cortó el paso para pedirle ayuda y poder abrirlo porque aún no lo habían logrado su hijo, con sus dos compañeras de clases, ni ella, ni las otras dos mamás que lo habían intentado.

—Con la tijera de la maestra es mejor —gritó un papá.

Fue en ese momento en que la acumulación adicional de lágrimas se pospuso. Giró en sí, dio un paso, y alcanzó a agarrar la tijera que guardaba en la gaveta de su escritorio. Y si, tal como afirmó el papá que gritó, la tijera de la maestra fue mejor.

Al fin comenzaron a cortar las múltiples cintas de poliéster industrial que bordeaban la enorme caja. Una mamá empezó a contar en voz alta cada vez que cortaban una hasta que en un segundo se formó un coro de adultos que la acompañó hasta llegar a una veintena (o hasta llegar a veinte). Los niños se congelaron para observarles.

—Debe ser que también hay un examen final para los adultos —le dijo a Dimas una de las niñas que había intentado abrir la caja junto a él.

Pero él no respondió. Más bien se quedó pensando que en caso de que fuera cierto lo que dijo su compañera de clases, era un método de evaluación que se prestaba a la trampa porque, ¿cómo hacía la maestra para determinar que cada adulto sabía contar si todos iban al unísono?

—Las maestras saben —escuchó que dijo la niña.

No le importó cómo ella había sido capaz de seguir el hilo de su pensamiento porque en ese preciso momento cortaron la última cinta y los adultos estallaron en aplausos y gritos de alegría.

Otro de los papás comenzó a soplar intermitentemente una vez cada dos segundos una corneta de cumpleaños. Mientras los demás adultos se sentían llamados y casi obligados por el pegajoso ritmo a acomodarse en una fila de comparsa, Abigaíl logró hacerse a un lado y asomó su cabeza por la puerta derecha del salón de clases, agarrándose del marco con los brazos extendidos a ambos lados. Miró en igual dirección y alcanzó a ver al fondo del pasillo unos deditos pulgares que se rozaban entre sí circularmente.

VERDADES ABSOLUTAS

Después de una lluvia copiosa, la hoja fresca del crotón polvo de oro era su predilecta para hacer competencias usando como pista el agua que corría por la cuneta. Había descubierto que la suya era la más liviana y ágil. Fue así como se convirtió en el campeón indiscutible de las carreras de hojas.

Adquirió ese conocimiento por la costumbre *motu proprio* de leer constantemente la enciclopedia que había en su casa. Otros los obtuvo cuando la contestación pontificia de un adulto daba solución final a sus curiosidades. Eran verdades absolutas.

Tal fue el caso cuando preguntó sobre la utilidad de las enormes piscinas circulares que están en lo alto del cerro a la orilla de la carretera y que lanzan chorros de agua eternamente hacia el cielo.

—Son fábricas de hacer peces —le dijo el señor del sombrero.

De hecho, el apocalíptico aguacero de principios de mayo trajo una marejada de peces que apareció en mitad de la calle saltando hacia la cuneta y le impidió alargar su glorioso invicto en las carreras de hojas.

—Debe ser que ya se les acabó la cuarentena —se dijo.

LOS OJOS DISPARES DE LA MUÑECA RUBIA

Saltó como un resorte de entre los pliegues de la sábana desde el sofá donde dormía cuando escuchó una voz dulce llamando frente a la casa con un "buenos días" tan alto en decibeles como un trueno. Era principios de diciembre y ya se sentía la brisa fresca típica de la época. Salió por la puerta del balcón, abrió el portón de la marquesina y recibió con una sonrisa a quienes llamaban frente al otro portón que daba hacia la calle. Lo hizo con tal rapidez porque pensó que era día de las visitas de los Testigos de Jehová. Le encantaba recibir los panfletos repletos de ilustraciones armoniosas donde los animales y los seres humanos iban de la mano por paisajes llenos de ríos de aguas cristalinas y valles y montañas con la gama de color verde que nunca había podido ver en la vida real. Fue de esa manera que conoció las ovejas sonrientes y blancas como nubes nimbo, a los camellos de rostros llenos de incredulidad y a los leones y tigres posados como perros a los pies de presas potenciales.

—¿Está tu mamá? —preguntó una de ellas.

Eran dos mujeres, una iba de faldas y la otra de pantalón. Le pareció que la que había llamado antes era la de pantalón. Se desilusionó luego de la pregunta porque se dio cuenta que no eran Testigos de Jehová. Las volvió a mirar, pero esta vez muy detenidamente, y se fijó que tampoco cargaban con el bolso de mangos grandes por donde salían a borbotones los panfletos que le gustaban.

Les contestó que no había más nadie en la casa. La que vestía de faldas miró con complicidad a su compañera y luego explicó que trabajaban con el alcalde y que estaban haciendo una lista para traer regalos a los niños pobres el Día de Reyes.

—Traen bolas, carritos y muñecas —dijo bien entusiasmada la que iba de pantalón mientras daba pequeños aplausos de alegría simultáneamente.

La que iba de faldas la interrumpió de súbito.

—Necesito tu nombre para incluirte en la lista.

La respuesta las obligó a mirarse entre sí y a sí mismas y sin planificarlo dieron un pequeño paso hacia atrás sincronizadamente.

—Es que yo no soy pobre.

Cinco semanas después en la mañana de un sábado, una bolsa plástica bañada en rocío apareció en el pequeño patio frente al balcón con una bola en forma de huevo, un carrito de cuerda con tracción en las ruedas traseras, modelo Volkswagen, y una muñeca rubia que nunca pudo abrir los ojos simultáneamente.

EL TECHO ALTO QUE TRAGA LUZ

Llegó a su primer día de clases en la nueva escuela primaria para cursar el cuarto grado y notó la gran cantidad de estudiantes de su mismo nivel mayores que él. Había uno con la cara forrada en acné, otro con bigote y muchos con la voz que parecía la del canto de un gallo marrueco.

Era uno más de varios eventos que le habían llamado la atención ese día. No entendía por qué al maestro le decían míster y a la maestra misis, pues a él se le hacía muy fácil y lógico decir maestro y maestra. Tampoco para qué había que levantar la mano y recitar la frase “permiso para hablar” cuando quería comentar sobre la materia en discusión en la clase. “Esto interrumpe el calor del debate”, pensó cada vez que tuvo que hacerlo hasta diez veces durante la primera clase de la mañana.

Solo sabía que, desde que se mudó un mes atrás desde la urbana Piedras Claras al pueblo rural de Sabana Verde, muchas cosas eran diferentes. A juzgar por la falta de credibilidad que sus compañeros de clases expresaron esa mañana cuando respondió a la pregunta sobre dónde vivía en Piedras Claras, concluyó que al nuevo pueblo todavía no habían llegado noticias sobre la existencia de las fábricas de hacer peces, como la que quedaba justo en lo alto del cerro al lado de la carretera que daba a su antigua casa. Le constaba que había otras parecidas en el resto del país porque la vez que fue a uno de los paseos escolares con sus antiguos compañeros de clase había visto muchas idénticas.

—Pues si —volvió a repetirles.

—Viví al lado de una fábrica de hacer peces. Es como una piscina circular y lanza chorros de agua eternamente hacia el cielo y es así como los van haciendo —les enfatizó poniendo su cara de qué es lo que no entienden.

Al notarles tanta incredulidad en sus rostros decidió no comentarles sobre la vez que estaba participando en las carreras de hojas luego de un aguacero apocalíptico y aparecieron de la nada en medio de la calle miles de peces saltando hacia la cuneta buscando el torrente de agua que tal vez los salvarían. Mucho menos se le ocurrió comentarles que los peces salieron ese día porque la cuarentena obligatoria durante la época del Coronavirus se les había terminado. Y menos aún que él era el campeón invicto de las carreras de hojas usando para sus ejemplares crotón polvo de oro, pero ese día uno de los primeros peces que apareció se adelantó a las hojas que iban ganando la carrera, se trabó en la cuneta diagonalmente debido a un desnivel de cemento que había antes de la meta, y las competidoras que venían últimas bordearon la cola del pez y lograron continuar libres por la cuneta hasta el final, mientras la suya y la de tres participantes adicionales se quedaron arremolinadas en la aleta pectoral izquierda.

Durante el receso de almuerzo se sentó en el tercer escalón camino hacia el salón de míster López para observar un grupo de niñas que se congregó en el patio en forma circular agarradas de las manos. Así evitó perder durante el mediodía tiempo y energía explicando a sus nuevos compañeros de clases lo que para él eran verdades absolutas.

Vio que una de las niñas salió al centro del círculo y esperó a que las demás giraran a su alrededor con un movimiento lento mientras recitaban a igual velocidad: “Este es el baile del tornillo que no lo dejan de bailar, que no lo dejan de bailar, que no lo dejan de bailar”. De pronto todas irrumpieron como trueno y gritaron "¡Eeeee!" y al unísono comenzaron a cantar una melodía rápida acompañada de aplausos sincronizados con un ritmo pegajoso. Fue un código mágico para la que estaba en el centro porque comenzó un baile, con unos movimientos eróticos, que cuatro años después en el séptimo grado supo que se le llama perreo.

Meneíto pa'qui
Meneíto pa'lla
Meneíto al tornillo
Que los tornillos se van
Da la vuelta pa'qui
Da la vuelta pa'lla
Da la vuelta al tornillo
Que los tornillos se van.

Sintió por primera vez una cosquilla sabrosa entre sus piernas y se mantuvo allí esperando el timbre de entrada para la sección de la tarde. Quedó tan atrapado por el canto y baile de las niñas que olvidó ir al baño y entró a la clase de español de la maestra Rivera con la sensación de la vejiga llena.

El deseo de orinar comenzó a distraer su atención a la clase hasta que no pudo más y solicitó permiso para salir. Eso si, lo hizo conforme el protocolo que aprendió en la mañana: levantó el brazo con la mano abierta, esperó la aprobación para hablar, recitó "permiso para ir al baño", y finalmente salió tras la autorización.

—Qué complicación —murmuró a las afueras de la entrada del baño.

Se fijó que los dos lavamanos eran

tan grandes como los que había visto en la cocina de su escuela anterior pero no eran de metal. El techo altísimo se tragaba la tenue luz que a duras penas lanzaba la bombilla incandescente de tamaño pequeño enroscada a una enorme roseta blanca que desde que inauguraron la escuela colgó y se sostuvo gracias a los cables de conexión eléctrica que lograba ver sin dificultad desde su posición, color negro uno y rojo el otro.

—Tal vez por eso ningún cubículo tiene puerta y las paredes divisorias no son tan altas como en la escuela anterior —analizó murmurando.

— Debe ser para aprovechar al máximo la poca luz que hay —añadió.

—¿Pero será que ningún adulto se ha fijado que esa roseta no está debidamente agarrada? —dijo diáfanamente esta vez.

Ya tenía la correa desabrochada y estaba listo para bajar de un solo golpe tanto su pantalón como el pantaloncillo y comenzar la micción, cuando una voz le palmeó la espalda.

—Tienes que salirte de ese cubículo porque Moisés va a orinar.

Volteó su torso a medias hacia su izquierda y reconoció a Enrique, uno de los primeros amigos que conoció en la mañana, y escuchó al otro que llevaba bigote pero que no fue hasta ese momento que se enteró de su nombre. A este último lo reconoció porque fue el primero que dudó en la mañana sobre su historia acerca de las fábricas de peces.

—Y eso qué me importa. El cubículo del lado está vacío —respondió sin mirarlos e inició su descarga.

Enrique exhibió la mejor candidez de su carácter cuando se le acercó a la espalda y trató de convencerlo, pero de golpe se retiró de su lado como alma que lleva el diablo y fue entonces cuando el niño sintió una lluvia caliente que empezó en su coronilla y bajó por sus sienes. Desde el otro lado llegó atinadamente un chorro de orín por sobre la pared divisoria de los cubículos.

Enrique se tornó blanco y sin preguntar lo agarró por el brazo y lo enjocicó debajo del grifo del lavamanos.

—¡Perdón, perdón, perdón! —gritaba Moisés.

—¡No le digas a la maestra, por favor, no le digas!

Mientras Enrique siguió intentando borrar los rastros del orín echando agua del grifo desde el lado izquierdo hacia el derecho de su cabeza, el niño alcanzó a ver a Moisés de reojo por su diestra y le notó un río de lágrimas mientras le pidió no delatarlo.

Nunca consintió al pedido de Moisés, pero cuando regresó al salón de clases y la maestra Rivera le increpó el porqué de traer la cabeza y mitad de su camisa totalmente ensopadas, solamente se le ocurrió decir que hacía tanto calor que decidió refrescarse.

Entonces se sentó en su pupitre, miró a lo alto y observó que allí también había una bombilla incandescente de tamaño pequeño enroscada a una enorme roseta blanca que desde que inauguraron la escuela colgó y se sostuvo gracias a los cables de conexión eléctrica que lograba ver sin dificultad desde su posición, color negro uno y rojo el otro, y no le extrañó cuando el techo comenzó a fagocitar tanto la luz artificial como la luz solar que entraba por las ventanas.

LOS PRONOMBRES NO SE USAN

La noche cuando Fernando me contó esta historia me dijo que él tendría cerca de cuatro años y que aquella tarde ella vestía pantalones ajustados de poliéster, no recordaba el color, pero sí recordaba la blusa de escote de estampados de flores en tonos claros que marcaba el inicio de la silueta de sus senos.

—El rojo bermellón de los labios también era imposible de pasar inadvertido —me dijo con ademán de advertencia.

Nunca supo cómo eran los zapatos porque estaba en el balcón y desde allí el campo visual estaba limitado por la verja de cemento que daba hacia la calle y que le llegaba a ella hasta las rodillas. Nunca la había visto pero esa tarde la reconoció de inmediato luego de escucharla. Sabía de ella por las conversaciones familiares donde la mencionaban, pero nunca por su nombre o pronombre alguno. Aún así, todos sabían de quien se hablaba.

Ella salió ese día desde su casa dispuesta a traer de regreso a su casa a “mi hombre”, como le decía. Hacía varias semanas que no sabía de él y no estaba dispuesta a tolerarle otra vez una huida para regresar con su familia. Por eso, cuando llegó y vio al niño mirándola desde el balcón, no se amilanó y sin piedad le disparó la frase.

—Di que salga ahora, que tiene que hablar —dijo en tono autoritario.

—Fue por eso que la reconocí de inmediato —me dijo Fernando.

—No entiendo —le respondí.

—Porque usaba la misma técnica al hablar que había escuchado en mi casa: ausencia al máximo de nombres propios y la obsesión por evitar en lo posible el uso de pronombres.

Fue entonces cuando Fernando entró a la casa a dar el mensaje que ella le había dado.

—Di que no estoy —casi murmuró la figura con mirada perdida hacia el techo que yacía sobre la cama sin camisa, pero con pantalones largos y medias, y con los brazos detrás de la cabeza a manera de almohada.

Tras esa contestación Fernando regresó al balcón para finiquitar su rol de mensajero. Se preguntó cómo hacer para transmitir el mensaje de manera que pudiera contener la fuerza autoritaria del de ella. Se refugio entonces en la idea de responder con una frase repleta de pronombres, contrario a la técnica que se había vuelto familiar.

—¡Qué él dice que él no está!

LOS GRANDES LAGOS DEL MAESTRO RODRÍGUEZ

Fue en el quinto de primaria. Una oda iba describiendo en estrofas de cuatro versos con rima cruzada las características de cada miembro del sistema de los Grandes Lagos en la frontera de Canadá y Estados Unidos. Primero el maestro leía toda la obra de su autoría en voz alta, salpicando histriónicamente cada verso, y todos teníamos que seguir el texto a la par con su lectura. Luego pasábamos a leerlo grupalmente también en voz alta con una cadencia solemne y lenta que solo comparaba con la del Kyrie eleison. El gran cierre era la voz mezzo soprano de Carmen cantando todo el poema con la melodía que solo a ella había enseñado.

Pero algo más grandioso que el gran cierre era la aseveración eufórica del maestro justo antes de dar por terminada la clase de historia. Con una sonrisa tipo guasón, y una mirada que barría el salón de clases desde su derecha hasta su izquierda, afirmaba: "Estados Unidos es un país tan y tan bueno y bendecido por Dios que decidió compartir este regalo divino con Canadá y no ser egoísta".

Esa imagen reproducida en menos de un segundo fue la que vino a mi mente cuando los agentes de inmigración, con sus linternas que alumbraban como cuchillas en medio de la oscura noche, entraron por el pasillo de la casa derrumbando todo a su alcance para llevarse a Roberto, hijo de un inmigrante refugiado de la guerra civil salvadoreña, que fue criado desde los dos años en Estados Unidos pero sin evidencia de ser ciudadano, y que trabajaba tanto que lo había visto solamente una vez a pesar de residir allí hacía dos meses.

Tras acreditar mi legalidad migratoria, en medio del caos comenzó a resonar simultáneamente en mi mente —junto con la escena del maestro Rodríguez con su cara de guasón en su aseveración sobre la bondad de Estados Unidos— la primera estrofa de la oda a los Grandes Lagos cuando era leída en voz alta por el grupo:

En los Estados Unidos

Frontera con Canadá

Se encuentran los Grandes Lagos

¡Son de gran utilidad!

LA QUIJADA QUE TIEMBLA

Desde que Ignacio murió Rosa continuó llevando las riendas del colmado y atendiendo por voluntad unilateral de cada uno de sus siete hijos a alguno de los nietos que por algún motivo sobró en la agenda del progenitor o de la progenitora, sin importar el día de la semana.

—Ahí está Pecas —musitó para sí Rosa.

Cada día es más cuesta arriba mantener a flote las finanzas del negocio. Los clientes se niegan a creer que los eventos ocurridos en países extranjeros productores de petróleo, cuyos nombres nunca han escuchado, son los responsables del aumento súbito en el precio de la comida y de todos los servicios.

—Era viernes, lo recuerdo perfectamente —dijo Rosa interrumpiendo el profundo silencio del momento como si fuera un episodio somnílocuo nocturno—, cuando en la radio dijeron que esos países no existen porque sus nombres no los hemos escuchado antes.

Sentado sobre la esquina del refrigerador comercial de modelo horizontal con puertas deslizables en el tope, con los codos sobre el mostrador por donde entregan al cliente desde el interior del colmado la mercancía comprada, y las manos abiertas descansando en el correspondiente lado del rostro, Pecas vio desvanecer la meditación involuntaria que le provocó el calor veraniego de aquel domingo a las dos de la tarde cuando escuchó a su abuela. Desde esa posición, que se había vuelto su distintivo personal, se volteó a medias con un pequeño salto.

—Disculpe, señora, no la escuché.

Pero Rosa no contestó sino hasta luego de verbalizar por completo la frase que ya había esgrimido en su mente.

—Y lo impresionante es que la gente lo repite una y otra vez al punto que ya todos están convencidos y vienen por ahí reclamando hoy los precios de hace un mes. Pero están jodidos, no solo los precios se han triplicado, ahora hay escasez: no hay arroz, ni habichuelas, ni azúcar, ni harina. Así que es mejor que vayan tomando un cursito nuevo de geografía porque si nunca se enteraron de los nombres de esos países la crisis está existan o no, sepan sus nombres o no, los hayan escuchado antes o no. ¡Al carajo!

A la crisis permanente de la economía del país se sumó la escasez de combustible. En el transcurso de las últimas semanas los abastos de las provisiones básicas están agotados. Los camiones con nueva mercancía se han extinguido de las vías públicas porque es imposible rodar debido a la ausencia de gasolina.

El día anterior, por ser una de las clientes más fieles, el almacén al por mayor le vendió a Rosa un saco de cada una de las mercancías en escasez. Eso si, el encargado le advirtió que esos son los últimos que quedan y que lo peor está por venir.

Pecas siguió en la posición en que quedó luego de voltearse con el pequeño salto, esperando la contestación. Pero parece petrificado. Nunca había escuchado a su abuela con coraje, ni mucho menos usar palabras prohibidas para los niños. Además, la mirada de ella cuando hicieron contacto visual le hizo caer en cuenta que la contestación esperada viene acompañada de una respuesta a las divagaciones que acaba de pensar. Reconoció así una vez más el preludio de la habilidad de la abuela para leer el pensamiento, quien la había convertido en una de sus actividades favoritas no solo con él sino con todos los clientes que llegan al colmado.

—No se preocupe que no estaba hablando con usted —respondió finalmente Rosa al nieto—. A veces lo que hablo es una continuidad de lo que estoy pensando. La diferencia es que al escucharme lo saco del sistema, especialmente cuando me incomoda. Pero no piense que estoy molesta o con coraje. Además, las palabras prohibidas para los niños son eso, prohibición para niños, no para adultos.

Solamente una vez Pecas logró evitar la lectura de sus pensamientos por parte de la abuela. Todavía lo recuerda muy bien. Fue la vez cuando regresaron al colmado luego de participar en la ceremonia religiosa santera en donde la señora que dirigió el rezo pidió permiso en sus oraciones para hablar con los seres que habitan en el más allá, en específico con el padre de uno de los asistentes, y al parecer le fue concedido toda vez que la voz se le transformó y empezó a hablar tal cual con el timbre masculino del padre del peticionario.

Nunca más logró descifrar la técnica que utilizó en aquella ocasión para despistar los dotes infalibles de la abuela. Ya había experimentado con doscientas cincuenta y tres de ellas, pero en todos los intentos la abuela siempre salió airosa. Además, mucho más importante que rescatar la técnica olvidada que usó aquel día para evitar la lectura de sus pensamientos, está el empeño que lo mantiene totalmente sumergido en el plan de resolver el gran misterio de cómo fue posible que el pantalón azul que usó aquel día, que fue el que vistió para su primera comunión en la mañana y el mismo con el que asistió a la ceremonia santera en la tarde, terminó siendo de color negro la última vez que se lo miró en el auto en el trayecto de regreso al colmado.

—Ya que estás recordando algunos de los eventos en el pasado que has tenido conmigo, aprovecho y te adelanto lo que está pasando con la gente allá afuera— le dijo Rosa al nieto, y le señaló hacia la calle con el dedo índice de la mano diestra, moviendo continuamente su brazo de lado a lado.

Inmediatamente le recordó el error que cometió la vez que no quiso empacar en bolsa la compra del cliente que compró una Pepsi de 16 onzas, una cuarta de café, una caneca de ron Palo Viejo, dos maltas India de botella, una libra de arroz y media de azúcar. Para evitar algún tipo de error similar en la comunicación entre ellos y los clientes que estaban por llegar, le mostró los empaques de arroz, habichuelas, azúcar y harina acomodados con una precisión impecable en las tres tablillas que están bajo el mostrador en el lado interior del colmado.

—Justo donde estaban las bolsas de papel la última vez que vine —dijo Pecas para demostrar que está atento a las instrucciones de la abuela.

—Exactamente —respondió Rosa—. Pero ahora las bolsas están hacia el lado izquierdo del arroz. El asunto es que esos productos los vas a entregar solamente por la puerta trasera y siempre en bolsa de papel. Cuando me veas hacer la señal que te voy a mostrar ya mismo, significa que puedes despachar alguno de esos productos que están debajo del mostrador al cliente que esté preguntando o pidiendo por ellos.

Entonces Rosa giró media vuelta, caminó tres pasos, volvió a voltear y se sentó en la silla plegable de metal, cruzó sus brazos y comenzó a rascarse el antebrazo izquierdo con su mano derecha.

—La señal es cuando me veas rascándome así. Si me rasco de esta manera significa que puedes vender al cliente lo que está pidiendo. ¿Entendido?

La comprensión del mundo adulto siempre se le trastoca a Pecas cuando visita a la abuela. Jugó con su pelo hacia los lados y hacia el frente e intentó dar respuestas a las interrogantes que le produjeron las órdenes de Rosa, hasta que se acomodó en la icónica posición sobre el refrigerador. Lo que ayer estaba prohibido —dar bolsas de papel a los clientes, por ejemplo— ahora es imperativo. Se hizo otro mar de preguntas en menos de un segundo, pero la abuela pospuso para otra ocasión su habilidad lectora de pensamientos porque en ese momento los sorprendió un cliente sigiloso.

El cliente preguntó asustado, pero antes puso sus codos sobre el lado exterior del mostrador. Aunque las visitas de Pecas a la abuela no son frecuentes sí puede reconocer por nombre y lugar de residencia a la mayoría de los clientes. El rostro del hombre silencioso que preguntó con miedo y que puso los codos sobre el lado exterior del mostrador, no le es familiar. Sin embargo, hay algo en esa persona que le ha inspirado una gran ternura.

—¿Me vende una libra de arroz?

Alguna confianza le inspiró Pecas porque inmediatamente el hombre cambió el tono de pregunta rogada con el que empezó y añadió confiadamente a su pedido un paquete de azúcar y otro de habichuelas secas. El niño casi salta como un lince desde su posición para despachar los productos, pero por segunda vez en ese día volvió a petrificarse y su par de ojos fue el único órgano que se mantuvo activo. Recreó las órdenes que segundos antes le dio la abuela. En un acto de malabarismo visual su vista lateral atestiguó que la abuela no se rascó el antebrazo, mientras con la vista frontal simultáneamente miró a la velocidad de la luz hacia arriba al hombre y hacia las tres tablillas debajo del mostrador donde está ubicada la mercancía deseada, entretanto tras de sí escuchó a la abuela decir con mucha pena y calma que no, que debido a la escasez no hay ninguno de esos productos.

El hombre mantuvo su mirada fija en Pecas en todo momento, pero al escuchar a Rosa sus ojos se humedecieron, más por la mentira que por no obtener la mercancía. Luego retiró los codos que todavía descansaban sobre el mostrador exterior y quedó erguido. Su mano derecha se apresuró a controlar la mandíbula, que comenzó a temblar intensamente. Dio media vuelta y se fue en silencio. Un nudo de músculos, saliva y lágrimas bajó por la garganta del niño. No miró atrás para ver a la abuela. Gimió a solas y reprimió cualquier sonido hasta que logró el silencio.

Tres horas después la señora Ana desempacó en su casa una bolsa grande de papel en donde llegó la compra que le despachó Pecas por la puerta trasera del colmado y encontró una nota en manuscrito infantil con letras grandes rogándole entregar al señor que le tiembla la mandíbula y que pone los codos sobre el mostrador, los paquetes adicionales de arroz, habichuelas y azúcar. La nota terminó al dorso suplicando su complicidad.

Al día siguiente la señora Ana fue al colmado con la intención de sellar un pacto de complicidad con Pecas, preguntó por él y la abuela le dijo que Pecas no estará más en el colmado mientras dure la escasez petrolera. En ese momento a la señora Ana se le cruzó la realidad con la trama del libro que leyó meses atrás en donde sus protagonistas nunca regresaron a los tiempos del transporte con energías no renovables luego que se encontraron en el Mecedor del Viento. Entonces se preocupó porque no sabe si está en la realidad, soñando o si es un personaje en la trama de un cuento.

LA SEÑORA ANA NO SABE SI EXISTE

Debido al tema del artículo que leí aquella mañana en la revista que me trajo mi nieto sobre el peligro de sufrir una caída mortal en una tina, estuve buscando en Internet un modelo adecuado de una barra de agarre para comprarlo e instalarlo en el único baño de la casa donde hay una tina y mientras lo hacía simultáneamente recordé la vez que Cabrera me invitó a su casa de campo para atestiguar lo bien que le fue el proceso de remodelación para convertirla en su residencia permanente luego de su retiro.

Agrandó la puerta del baño principal lo suficiente para entrar en él en silla de ruedas, e incluso la amplitud le permitiría girar en ella hacia cada lado sin obstáculos. Me dijo que los cambios fueron imprescindibles para preparar la casa a las necesidades de su vejez. "Pero está fuerte y joven", pensé en aquel momento.

Cuando me mostró el baño me llamó la atención la cantidad de barras de agarre ya instaladas, unas largas, cortas otras y con distinto grosor: en los laterales del inodoro, en las paredes —tanto de la izquierda como de la derecha, vistas desde la entrada—, y en las tres paredes que rodean la tina.

A propósito, cuando me mudé a Bogotá lo llamé una vez por semana durante cerca de seis meses, pero solo escuché el timbre martillando mi tímpano y del otro lado no contestó nadie, a pesar de su costumbre de responder sin falta al segundo timbrazo. Ni siquiera me saludó su mensaje de voz. La última vez que estuve de visita en Puerto Rico, antes de pensionarme, llegué hasta el frente de su casa. Ya estaba oscureciendo y desde allí vi una luz tenue y amorfa en la sala de la primera estructura. Su residencia real era la pequeña casa que estaba detrás de aquella. De inmediato pensé: "algo pasó porque a él nunca le gustó usar esa parte de la casa". Esa vez fui con Peter en un carro rentado y luego de ver la luz nos quedamos congelados durante varios minutos. Luego de descongelarnos le dije: "vámonos". Pero él insistió en abrir el portón de entrada para llegar hasta la casa trasera y llamarlo. Le pareció poco sensato viajar desde San Juan hasta Isabela y no completar el propósito del viaje. Fue la primera de las dos ocasiones en que tuve miedo a la muerte. Nos fuimos y nunca más supimos de él. La segunda fue por causa de lo que me pasó luego de leer ese artículo.

Como ya dije, lo leí temprano, pero no especifiqué que fue al amanecer, en la cama. Tras terminar la lectura, casi automáticamente, sin plan alguno, bajé a ducharme al primer nivel y cuando cerré la llave del agua fría, recordé los datos del estudio que citó el artículo. Miré al piso y me topé con la tina. Estaba mirándome, una miradita perversa, de esas con ojos a medio abrir y comisuras en arco cóncavo. No fue hasta ese momento que tomé conciencia de que ese es el único baño con tina que hay en la casa y por eso inicié de inmediato la búsqueda de la barra de agarre y el cálculo para ahorrar lo antes posible el costo de la que me gustó.

La opción de dos barras cortas y una larga era la ideal, porque el estudio al que se refirió el artículo mostró que el riesgo de muerte debido a caídas resbalosas ocurre solamente en aquellos baños que tienen tina, no nombró caídas en el área fuera de ella. Tampoco mencionó los baños de piso raso. Por esa razón la otra alternativa con barras de seguridad adicionales para las paredes fuera de la ducha y los laterales del inodoro me pareció innecesaria. Entonces apareció otro modelo, parecido al primero, pero hecho de una aleación de bronce. El color lucía un contraste bien elegante con las baldosas marmoleadas. Pero el precio era más del doble respecto a la otra. Ese mes no pude comprarla, pero me gustó esa, la de bronce.

Había tenido que lidiar con la disminución dramática de mis ingresos luego de retirarme y tuve que recurrir a diferentes esquemas para mantener a la par los gastos y mis ingresos. Por ejemplo, estuve cargando a la tarjeta de crédito solamente los gastos que podía asumir cada mes y cuando llegaba el estado mensual entonces cancelaba todo el balance. Hacía eso para obtener los reembolsos por patrocinio que daba la tarjeta de crédito. Con ese sistema recibía mensualmente cerca de treinta dólares, muy necesarios para pagar la factura del agua. Otro ajuste fue que guardé religiosamente cada cupón de descuento que llegó por correo electrónico o que conseguía en la aplicación del supermercado o de la farmacia. Fue un maldito sometimiento de mi existencia a la merced y capricho de la publicidad. Previo a la condición de pensionada nunca estuve sometida por esos caprichos del mercadeo. Aunque estaba fuerte y joven (lo mismo que pensé sobre Cabrera aquella vez que ya conté) no hubo manera de producir un dinero extra porque simplemente no había trabajo. Así de fácil lo dijo el presidente cuando una periodista intentó increparlo por la crisis económica. Y era cierto, salí a la calle a buscar un ingreso adicional porque la pensión nunca me alcanzó y no conseguí trabajo ni siquiera como voluntaria. Las organizaciones de servicio comunitario ya no existían porque dejaron de recibir donaciones. Industrias manufactureras no había. Industria de servicios, tampoco. Intentar un negocio, ni pensarlo porque todos los consumidores potenciales estaban igual que yo, sin dinero. En fin, quise ese modelo de la barra de seguridad en bronce para instalarlo en el baño que me gustaba usar.

Me parecieron absurdos los datos del artículo: mueren 3,553 personas cada año luego de resbalar en la tina de un baño, y solo treinta de ellas (un .84%) tenían instalada una barra de seguridad. Pensaba en eso cuando se me ocurrió un plan para conseguir el dinero: si en el mes corriente y el próximo usara para la compra mensual una buena cantidad de los cupones de descuento que tenía organizados en la cartuchera virtual, podría ahorrar noventa dólares. La barra costaba doscientos veinte, ya incluidos los impuestos y el costo de entrega; si fuera a cenar en algún momento con Peter tendría que recordarle vehementemente antes de recogerlo que traiga su tarjeta porque las últimas tres veces que habíamos salido siempre la olvidaba y yo tuve que pagar la cuenta completa. Calculé que si él trajera su tarjeta podría dejar de gastar unos cien dólares en esos dos meses. Si el plan funcionara entonces tendría ciento noventa dólares ahorrados para pagar la barra. Faltarían solo treinta. Tal vez simplemente era mejor no salir con él. Pero ¿por dos meses? No, no, esa opción la descarté como si no hubiera pasado por mi pensamiento. Tan bonita que me veo con él, lo contento que se ponía cuando salíamos, y lo contenta que me ponía. Me dije que en el transcurso de esos dos meses algo se me ocurriría para conseguir los treinta dólares restantes. Estaba tan entusiasmada que comencé una precompra para cotejar si el precio se mantenía y así evitar una sorpresa con un precio más caro al momento de la compra firme. Me pareció que fue precisamente Peter quien me habló sobre la conveniencia de ese servicio. Yo nunca lo había usado, pero tenía todos los requisitos para utilizarlo: los datos de mi tarjeta de crédito y dirección de entrega ya estaban incluidos en mi perfil de usuaria. Solo faltó añadir el producto al carrito de compra y la fecha elegida para procesar la compra final. Lo hice, y si, me honraron el precio. Entonces, no esperé. Lista, le puse como fecha de compra firme el cinco de marzo, justo dos meses a partir de la fecha de aquel día. Como era cliente preferente la entrega de la mercancía tardaría solo dos días después de la fecha escogida. Una cosa no debería olvidar: no usar el baño del primer nivel hasta que estuviera instalada la barra de seguridad, y en el ínterin usar solo el del segundo nivel, que no es mi favorito, pero también es agradable.

Las semanas posteriores a la transacción de precompra de la barra de agarre me las pasé elaborando decenas de posibilidades sobre la suerte final de Cabrera: ¿estaría viviendo con su hija en Vermont?, ¿se habría mudado del país o de pueblo?, ¿estaría en un asilo de ancianos?, ¿se casaría?, ¿se resbalaría en la tina del baño a pesar de todas las barras de agarre que instaló? Con esta última eventualidad elaboré otras subcategorías de posibilidades: ¿sería que pasó a formar parte del .84% de los casos donde la persona muere luego de resbalar en la tina del baño a pesar de tener instalada una barra de agarre?, ¿sería que no instaló una barra de agarre en su nueva casa, si fuera cierta la posibilidad de que se mudó del país o de pueblo?

Con esa incertidumbre de dudas siguieron pasando las semanas hasta el día previo a la fecha de compra firme que elegí al momento de hacer la precompra. Peter me llamó para invitarme a almorzar. Le dije que si, que tomaría una ducha rápida. Cuando terminé y estaba a punto de cerrar la llave advertí que usé el baño del primer nivel y en el suelo se dibujó la miradita perversa de la tina, con ojos a medio abrir, acompañada de comisuras en arco cóncavo. Un golpe seco del cráneo contra la curvatura de la tina del lado opuesto al de los grifos me ocasionó una hemorragia mortal inmediata.

El acarreador hizo gala de su política de entrega en dos días —y en efecto la caja con la barra de agarre dirigida a mí llegó en la fecha prometida, casi a la par con mi nieto, quien acababa de recoger en la funeraria mis restos cremados— y exigió mi presencia para firmar el recibo de conformidad. Fue entonces cuando me percaté, contrario a lo que ocurre en otro cuento sobre mí del mismo autor, que esta vez sé que no estoy en la realidad, soñando o confundiendo los personajes de la trama de un cuento que leí meses atrás.

Jorge Montijo es orgullosamente una de las más de 8 millones de formas de ser puertorriqueño. Motivos personales muy poderosos lo mantienen viajando entre Puerto Rico, Colombia y los Estados Unidos, lugares de los cuales surgen algunas de sus historias después de presenciar las escenas teatrales de la realidad humana.

Como inmigrante ha experimentado el brutal peso de ser culturalmente diferente dentro de la sociedad estadounidense. Pero, paradójicamente, con cada nueva publicación quiere celebrar un aspecto positivo de esa sociedad: el amor por la lectura sin importar el lugar o el tiempo.

Después de 23 años como diseñador y editor de publicaciones institucionales y 14 como abogado, sigue experimentanso el placer de ver cómo una página vacía puede transformarse en una manifestación artística con una de las habilidades más básicas adquiridas desde la primera infancia: la escritura.

BOGOTÁ • WASHINGTON, DC • SAN JUAN DE PUERTO RICO